Stories

Everal McKenzie

Stories

BLUE MOUNTAIN MEDIA

ISBN 189934111-0
9781899341115

Anancy Stories (this book) is a companion transcription of the Anancy Stories talking books audio cassettes (ISBN 1-899341-04-8).

Published by

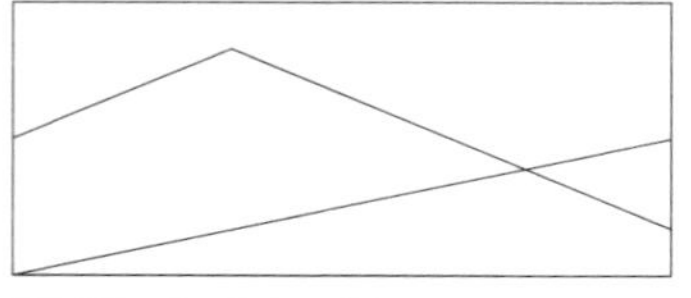

BLUE MOUNTAIN MEDIA

for my grandparents
Theresa Dobson & Arthur Tomlinson
Doris Sharpe & Hubert McKenzie

ANANCY
Stories in de Caribbean

When I was a bwoy in de Jamaican countryside, listening to stories was de most wonderful experience dat I shall never figet. As de sun set an de night come down, de only light was from de dying wood fire, de luminous moon, an de bright twinkling stars in de night sky above. Everyone would gather round de fire an look up to de stars – bright stars, dim stars, an shooting stars – an as yuh look up to de stars yuh would tink of stories.

Many many stories were told; stories of local events an people, stories from abroad, duppy stories, an Anancy stories. An it was always de Anancy stories dat we as children loved de best. As a child yuh would always be amazed at how de stories would reflect supumn from de previous day's adventures, an den yuh would see dat day in a new perspective. So de stories helped yuh understand days gone by an glorious days of adventure to come.

Dis is the essential root of de Anancy stories. De stories can be used to help children solve all kine-a problems in their daily lives, an de stories can also be used to teach children indirectly. Yuh can use a story to lift de spirits or calm de spirit down, yuh can put friends, family, or enemies in-a story. A storyteller can weave a story in a special way dat relates to de listener, noh radio or television can do dis. Soh once yuh have a good vocabulary of stories yuh can adjust dem to your style, an achieve almost anyting by telling a good story.
Enjoy yourself.

Proverb:

Snake bite yuh, yuh see lizard yuh run.

Anancy & Snake
de Pousmahn

On dis day de sun was shining high an HOT! HOT! HOT! over Jamaica. De sun was soh hot dat de tarmac on de road tun sarff wid de heat; nobady outside in-a de sun, everybody stay inside cause-a de heat. Bra Anancy a sit pon im veranda in-a de shade, drinking a long cool glass a soursap juice.

Hear Anancy now,
"Bwoy dis-ya wedah too hot fe work mahn, an me have a whole heap-a letter fe deliver to de pous office yuh knoh; churps! but me nar goh out in-a dis-ya heat wave yaar."

Soh Anancy lidung an drink im cooling juice in de shade, an yuh know what old time people seh, "De less work yuh do de less yuh wahn fe do."

Well, who should glide by Anancy veranda but Bra Snake. Bra Snake noh mind de heat, in fact Bra Snake love de heat wave mahn. Bra Snake look fresh an cool, an yuh knoh what, Bra Snake had a letter, yes, bra snake was going to de pous office.

When Anancy see Missa Snake Anancy seh,
"Good marning Missa Snake, yuh look soh good an fresh de way yuh-a sparkle in de sunshine."

An Snake seh,
"Tank yuh Missa Anancy, I do like fe keep myself up yuh knoh."
A soh Snake talk wid a hiss.
Jus den de light twinkle pon Bra Snake teet.

Hear Anancy now,
"An yuh teet missa Snake dhay look soh lovely an clean."

An Snake seh,
"Well I polish dem every marning yuh knoh Missa Anancy."

Soh Anancy seh,
"I see yuh a goh a de pous office Bra Snake."

An Snake seh,
"I goh every day at 11 o' clock sharp."

Soh Bra Anancy work im brain an seh,
"Yuh couldn't deliver a little letter fe yuh good fren Anancy could yuh?"

Bra Anancy when-a try fe get Bra Snake fe do im work fe free; an yuh knoh what old time people seh, 'Yuh can't get supumn fe nutun'.

But Snake noh fool an answer seh,
"A wha yuh-a go gi me if me tek yuh letter fe yuh?"

Bra Anancy couldn't tink of nutun fe give Snake fe pous de letter, soh Anancy sit in-a de shade an hold im chin like-a wise mahn an-a seh,
"Hmmm! I could give yuh arrrm noh...but den, but, but arrm noh I, I could give you arrrm... ummmn! Let me see deh now, arrrm an den again I could...I could give yuh arrrm! I could arrrm! Churps! Arrrm! Let me see now, I could errrr...
Until Snake seh,
"If yuh let me give yuh a bitesy I will deliver your letter fe yuh."

An there is nutun dat snake love more dan giving someone a little bite. Anancy look pon Snake teet again, an dis time he wasn't soh sure.

Soh snake seh,
"Yuh nar goh feel a ting, jus katch yuh door open tonight an I will come when yuh-a sleepsy an give yuh a little nipsy, jus like a feather, soh sarff an sweet yuh nar go feel a ting. An when yuh wake up a marning yuh we feel seh yuh get yuh letter deliver fe free."

Anancy like de idea of getting im letter deliver fe free, especially since im nar goh feel nutun. Soh Anancy seh yes an mek a bargain wid Snake.

Anyway Anancy give Snake one hell of a heavy bag full a letter an parcel fe deliver.
Poor snake im could hardly drag de bag it soh heavy, by de time Bra Snake reach de pous office im soh tired an weary im could hardly shake im tail. De only ting dat keep snake going was de thought dat im a-go give Anancy one little sweet bite tonight. Bra Snake finish deliver de letter an parcel an goh home goh polish im teet.

Meanwhile night-time come, an Anancy snuggle up in-a im sarff bed an gone asleep wid a smile on im face, happy dat Bra Snake deliver all his letters an parcels without it costing im a penny. Snake reach-a Anancy yard an sure enough Anancy katch de door open fe snake. Snake slide in-a de bedroom an fine Anancy foot a stick out-a de blanket. Bra Snake lick im teet, Slurp! An give Anancy one little bite an slip out-a de house.

Bwoy! Anancy mawga yuh see; me no wahn crack me teet pon no bone.

When Anancy feel de bite im leap out-a im bed an ball,

"Murda! Murda! Whoohe! Me Foot! Me Foot!, Lawd Whoohe! Me foot! What a terrible bite Snake give me."
Anancy hop all round de bedroom an-a ball bout how Bra Snake come ragga im foot an chew up im foot like-a sugar cane.

Next marning Anancy a sit pon im veranda a drink im cooling juice in de shade. Sharp as a razor snake slide up at 11 o' clock again.
"Good marning Missa Anancy, I hope yuh sleep well last night. Would yuh like me fe deliver yuh letter fe yuh today?"

De sun was hotter than ever today, an Anancy decide seh im feel too lazy fe go anywhea in-a de boiling sun soh im seh yes. Dis time Anancy give Snake all kine-a message fe carry.

Bra snake seh,
"Same bargain, jus a little nips, yuh nar go feel a ting."
Soh Anancy sen Snake all over Jamaica; down to big monkey country fe beg banana from de monkey king, den Snake have fe go all de way up

a Red Hills go beg sugar cane from Bra Goat cane piece, by de time de day dun Anancy sen Bra Snake north, south, east an west.
Snake get soh tired an stiff im could hardly ben, but all de time Snake a dream bout de tasty little bite im a-go give Anancy.

Anancy look pon all de tings Snake go fetch fe him; fry fish an bammy, yam an plantain, ackee an breadfruit, an all kine-a tasty food an seh,
"Bra Snake is a good worker, look how much tings im go fetch fe me."

But den Anancy member de bargain wid Snake an de terrible bite de night before, an Anancy start to fret an worry. Soh Anancy work im brain an decide fe call im fren Bra Rabbit.

Bra Rabbit was relaxing at home with his wife an children when de phone ring.
Brinnnnnng-brinnnng! Brinnnnnng-brinnnng! Brinnnnnng-brinnnng!
Soh Rabbit answer de phone.

Anancy seh to Rabbit,
"Bra Yabbit." Anancy couldn't seh Rabbit soh im seh Yabbit. *"Bra Yabbit me good fren Yabbit, how come yuh noh come see me all dis time?"*

Bra Rabbit surprised an seh,
"Well yuh noh invite me yet Bra Anancy."

Anancy seh,
"Why yuh noh come over my side mek we have some sport, me have all kine-a freeness ya yuh knoh, some good food, hurry up mek haste, come quick."

Bra Rabbit fix imself up an seh good bye to im wife an pickney, an go a Anancy yard fe dinnah. When Rabbit reach a Anancy yard im surprise fe see all kine-a good food lay out. Hear Bra Rabbit to imself,
"Bwoy I musse figure Anancy wrong, all dis time me-a tink im is a mean an greedy mahn an im turn out to be good an generous."

Bra Anancy an Bra Rabbit laugh an chat about old times an nyam off de fry fish an bammy an some a de plantain an star apple.

When it start to get late Rabbit seh to Anancy,
"Thank yuh me fren, yuh is a good mahn, I have fe go see bout me wife an pickney, dem a go fret if me noh go soon."

Bra Anancy seh,
"Yuh can't go now, a wah yuh wahn go walk in-a de dark fa? Wait till marning."

But Rabbit seh,
"Anancy yuh only have one bed, a whea me-a go sleep?"

An Bra Anancy seh,
"Noh worry me good fren, sleep in-a my bed me a go sleep in-a de kitchen."

All dis time Anancy want Rabbit fe sleep in-a fe him bed soh dat when Snake come im bite Rabbit instead of Anancy.
Anyway Rabbit lidung in-a Anancy bed an seh,
"Goodnight me good fren Anancy."

An Anancy seh,
"Goodnight me good fren Yabbit."

But as de stars dem twinkle an de moon show har face Bra Rabbit couldn't sleep.
Im toss an turn in-a de strange bed like duppy a ride im. Bra Rabbit was a worrier, an im did-a fret bout im wife an pickney. Soh Rabbit dig a hole unda de house an puss foot out-a Anancy yard an go home go sleep wid im wife an pickney.

Meantime Snake done polish im teet an reach a Anancy yard, but Anancy door was lack dis time. Snake tap pon de door an seh,
"Anancy, Anancy, its yuh spar Bra Snake, open de door nuh mahn. Anancy, Anancy, its yuh spar Bra Snake, open de door nuh mahn"

Bra Anancy when-a dream seh im a fly through de air like a bird; when im hear Snake im jump out-a im dream wid a fright, drop out-a de bed pon de floor an call out to im fren Rabbit,
"Yabbit! Yabbit! Me good fren Yabbit, go open de door nuh."
Noh answer from Bra Rabbit cause Bra Rabbit gone home.
Soh Anancy call again with more respect,

"Yabbit! Cousin Yabbit! Go open de door nuh."

Noh answer from Bra Rabbit soh Anancy call again,
"Yabbit! Bredah Yabbit! Open de door fe me nuh."

Noh answer, soh Bra Anancy call again wid even more respect,
"Yabbit! Godfather Yabbit! Please do, go open de door fe me nuh."

Noh answer soh Anancy get bex an bust in-a Rabbit's bedroom an seh,
"Yuh wutless lazy ungrateful Yabbit! A why yuh nuh go open de door?"

When Anancy see seh Rabbit gone im tek fright an run go hide in-a de kitchen; same time Snake a get bex.

Hear snake now,
"Anancy! Anancy! We have a bargain, open de door an keep your side a de bargain!"

Poor Anancy im noh knoh wha fe do, im run round an round de kitchen a fret bout de bite bargain. Till finally Anancy work im brain an catch one idea. Anancy put de dutchy pot pon im head an poke im head out a de door into de darkness of de night.

Snake get bex an decide seh im a go bite Anancy hard fe im pay, soh Snake noh look pon wha im a bite; Snake bite de dutchy pot, an hot im jaw an slide go home in-a de bush hissing bout de pain in-a im jawbone.

After dat Anancy keep out-a Snake's way, but Snake noh feel satisfied. An dat is why when yuh go a bush yuh must mind where yuh step cause if Snake tink seh yuh is Bra Anancy im might tek a little bite fe get fe im side a de bite bargain.

Jackmandoora me noh choose none.

Snake bite me hard last
night yuh see mahn, but I
ready fe-im dis time.
We gwine see wha harder
teet or iron.

Darg & Puss

Bra Darg used to be an upright an hard working gentlemahn, an he always went to church on Sunday marning. Darg was well respected in de village, an when people pass im a road they would step aside an seh,
"Good marning Missa Darg."
"Good marning Missa Darg."

An Darg would stap an tip im hat like a true gentleman an seh,
"Good marning Sah, Good marning Missus."

But de respect dat people had fe Darg as an honest hardworking family mahn was weakened by de rougher side to Darg's character, an people were mindful not to get on Darg's rough side. Yuh see it was well known dat Darg did have a hot temper on a short fuse; if tings were not 'jus right' de way Darg like it there could be trouble. When Darg come home from work an there was supumn out a place you could hear his terrible shouts across de valley.

"There is going to be hell here tonight if dis don't fix. Where is my 'correction stick'? If yuh spare de rod yuh spoil de child."

Yuh see Darg's children would always hide de terrible 'correction stick' to escape punishment. Truth was Missa Darg did not spend much time wid his children, an de children were getting a little wild an loose round de edges, especially when Darg was away on business.
Soh when Darg reach home after being away he thought dat he could make up fa lost time wid de children by wielding de 'correction stick'.

Now Darg did have a pear tree in-a im yard, an dis pear tree was de best pear tree in de whole-a Jamaica. Darg was a good gardener an there was nutun dat Darg did love more dan tending im pear tree when im come home from work an wanted to relax. Darg water de tree an dig fresh earth around de root every day.

Soh good was Darg wid im pear tree dat people would seh,
"If only Missa Darg would tend to im pickney dem as well as im tend to de tree, den de pickney would grow as fine an straight as de pear tree."

As de season turn round an all tings natural start fe get full, de birds start fe sing sweeter an people start fe smile more, an Missa Darg's pear tree start fe bear de most beautiful pears. Soh full were de pears on Darg pear tree dat de branches hang down wid de weight a de tasty avocado pear.

Each marning as de sun wake up Missa Darg would stan in front a de pear tree an admire de product of his hard work, but every marning dat Darg inspect de tree some a de pears had disappeared in de night.
Hmmm-hummm!
Someone was teefing de best pears off-a Darg pear tree, an noh matter how hard Darg try im could not catch de pear teef.

Smadi-a teef me pear...look like seh me gwine hafi work de stick.

Darg try everyting fe catch de teef; im put trap round de bottom a de tree, im set net fe catch de teef, Missa Darg even try sleeping under de tree fe catch de teef, but still he could not catch de teef. Every day de teef was teefing more an more a Darg's best pears off-a de tree. Tings get so bad soh till Darg have fe employ Bra Rat as watchmahn.

Darg tell Rat seh,
"Lard Missa Rat a wahn yuh help me catch dis teef. Yuh see how some people wicked! A mahn bruk im back wid hard work fe get a little livin an what happen? De lazy good fa nutun teef dem come an tek de very food out-a me mout. Lard when I catch dem teef God help dem!"

Rat answer seh,
"I we see wah me can do fe help yuh Missa Darg but me can't promise nutun"
Noh cah how hard Rat watch im could not catch de teef, de teef was jus too quick fe Rat.

Well after church de following Sunday marning Darg buck-up im good fren Sista Puss an har family. Miss Puss did have a pretty way a walking an flicking har tail dat always put a smile on Missa Darg's face. An when Puss brush im wid har perfumed tail dat marning it was jus what Darg needed to lighten his spirits, soh Missa Darg invite Miss Puss an har bredah an sister fe Sunday dinner dat evening.

Sista Puss whose name was 'Pussy Pick-up', arrived with har bredah who name 'Me-noh-see' an har sister who name 'Me-noh-knoh'.
All de puss dem dress up in-a dem finest cloths; Sista Puss have on a green sequinned cat suit, har sista wear a flowing pink silk dress wid a big red bow on de back, an har brother have on bow tie an dinner jacket.
Darg was very welcoming when de three puss arrived, cause they were good friends, an Darg was hoping dat de three puss dem could help him catch de teef.

As de guests dem settle down Darg give dem all a drink an start fe explain de problem to de three puss.
"I don't knoh wha fe do Sista Puss, as soon as I turn

me back Bam! More a-me pear gone an there is nutun dat I like more dan my pear an bone. Tings get soh bad dat I have fe employ Bra Rat as a watchmahn, but soh far Rat noh have noh luck catching de teef."

All de puss dem Oohh! an Meooow! an seh how terrible it was dat someone was teefing de pear, after Darg did work soh hard fe grow dem.
Sista Puss seh she sure dat she could catch de terrible teef, an dat she would be a better watchmahn dan Rat – an we all knoh dat puss noh like ratta.
Soh Sista Puss den go on to seh,
"I would never trust dat mahn Rat Missa Darg, only de odder night me did dream seh me catch Rat wid two a yuh best pear in-a im mout."

Darg was thankful fe de support an ask de puss dem fe help im fix up a plan after dinner. Soh Darg leave de puss dem in-a de dining room an go into de kitchen fe fix up de rice an peas.

As soon Darg leave Pussy Pick-up go in-a de garden an teef three a Darg's best pear off-a de

Darg pear dem juicy yuh see! If im wasn't such a rough man we would mek a nice pair — laugh!

pear tree. Yuh see Sista Puss was de teef, an we knoh dat puss love green pear even more dan darg. Soh when de pear dem ripe Puss could not help harself, an anytime she get a chance she would teef some a Darg pear. While Puss was teefing de pear she never see Rat hiding in im hole.

Rat holla
"Why! Why! Why! Darg! Missa Darg! Puss a teef yuh pear!
Darg! Missa Darg! Puss a teef yuh pear!
Come quick! Come quick! "

When Darg hear de shout im run in-a de dining room fe see, but Puss was as quick as lightening, soh when Darg reach de dining room Puss was back in her seat looking meek an Christianable. Darg could not believe dat im good fren Puss was teefing im pear, soh im ask de Puss dem wah dem see.

De first Puss seh,
"Me name Me-no-knoh, an me noh knoh nutun."

De second Puss seh,
"Me name 'Me-noh-see' an me noh see nutun soh me can't seh nutun."

Pussy Pick-up was jus about to seh,
"It was Rat who teef yuh pear Missa Darg an hide it in im hole."
When de three pear drop out-a har lap an drop pon de floor Boodoof! Bap! Bouf!
Darg hear de pear dem drop but he did not knoh what de sound was soh im seh,
"A wha dat?"
Puss pick up de first two pear quick as a flash an tell Darg seh im must have duppy in de house an dat he should get pastor fe come bless de house, when de last pear roll under de table an stap a Darg's foot. Darg loose im composure an bear im sharp teeth ready fe bite Puss there an then, when im member de words of pastor's sermon dat marning,

"Forgive an forget for judgement day is near, God will judge all wid his scales of wisdom, an justice will be done."

Darg's temper was soh hot dat pastor's words alone could not hold im back.
Darg decide seh fe deliver some justice of his own wid im 'correction stick', but Darg's pickney did hide de correction stick, an in de confusion de three puss run out-a de back door an up in-a de tree. Darg run after de puss dem but he could not climb de tree, soh Darg look up an seh im only hold de one who teef de pear responsible.

De three puss dem sidung up in-a Darg pear tree an start fe nyam more a de pear an have de cheek fe tell Darg seh,
"Tenk God me noh nyam green pear."

Dis mek Darg soh mad dat im start fe cuss all kine-a bad wud an tear de bark a de tree wid in teeth. While Darg a carry on wid de puss dem de pot a rice-an-peas catch fire an bun down Darg's house. Sista Puss soh facety she look down from de tree an have de cheek fe tell Darg seh if im wasn't soh greedy fe de pear im house wouldn't bun down.

Ever since dat day darg always hate puss, an cause im noh have noh house im wander about finding whatever shelter he can; soh whenever darg an puss buck-up they always catch a quarrel, an as soon as puss see darg she jump up in-a tree for she knoh dat darg nar go figet how she mek im loose im house an noh have noh where fe live.

Jackmandoora me noh choose none.

Proverb:
When puss an darg nyam together
de bickle belong to puss.

Boacy Rat

Bra Rat wasn't always de scruffy little fellow we knoh today, Bra Rat used to be a fine dandy mahn. Rat was a traveller, im travel all over de country, an cause-a dat im knoh all de latest fashion.

Rat noh dress fool-fool an yaga-yaga wid odd sock an tear-up trousers like some people yuh knoh, noh sah! Rat always wear de best cloths; well cut jacket wid kerchief in de pocket, an shoes soh shine yuh see yuh face in-a dem like a mirror.

People did love fe see Rat in-a im tight trousers wid de seam press straight like a ruler an im crisp white shirt; yea mahn, dat was Rat, Boacy Rat.

An when dance start, kiss me neck back! Bra Rat was de best dancer in town.

Rat always knoh de latest dance an de best moves; if it was 'shake yuh head an stamp yuh foot' Bra Rat was de best, or 'clap yuh han an ben yuh knee', Rat was de best.

Even Bra Rabbit who was a good jumper, could not do de kangaroo hop as well as Bra Rat.

A lot a parents did like de way Rat look smart, an dem did hope dat fe dem pickney would grow up looking smart like Bra Rat.
Soh if yuh was a yuth yuh mumma would seh,
"Yuh see dat mahn deh, dats Mr. Rat. Yuh see how im dress smart an hol im self up high, dats how yuh must grow me son."

An if yuh was a young gal yuh puppa would seh to yuh,
"Child yuh see dat mahn deh, dats Mr. Rat, when yuh grow an yuh ready fe get married choose a mahn like Mr. Rat."

Everybody love Bra Rat, an de more dem love im de more im love imself. Soh Rat get to be a show off, an boast bout how im is de best looking mahn in town, an how nobody noh sport nice wiska like a fe im one dem.

Well yam festival time come, an when all de yam dig up, de whole village decide fe celebrate wid a grand dinner an dance.
Everybody dress up in-a dem Sunday best, all de ladies put on dem best frock an dem fancy hats, an all de gentlemahn put on dem bow tie an dem waist coat, but noh one, nobody, look as sharp an dandy as Bra Rat. Rat have on im sky blue jacket an im tight red trousers, wid gold chain round im neck an shinny ring pon im finger dem – Rat look sharp like a razor.

There was a band fe play de music fe de dance an Bra Cockroach was de leader of de band. An though cockroach was only a little boogaboo im could play de drum well sweet. Rat get full of imself an boast go tell everybody seh im a go dance better dan cockroach can play de drum. Cockroach get bex an jump in-a de drum an start do im ting wid some sweet drumming an de dance start. Everybody start to dance, some a shake dem head, an some a shake dem foot, some a hop, an some a skip; but Rat dance soh flashy-flashy dat de whole a people dem stap dance an-a look pon Rat.

When I lick dis-a tune it a-go
mad dem yuh see.
Dat Rat deh a-go learn a hard
lesson if im tink im
a-go pop style pon me.

Bra Rat when-a dance de latest ting wah dem call 'jump an spin'.
An Rat dance it sweeter dan sugar cane an syrup, soh sweet dat everybody mek a ring round Rat; some stan up pon chair fe see, an some climb pon dem fren shoulder fe see Rat do im ting.

De dance did go like soh;
fus yuh jump up in-a de air an spread yuh han like a flying fish, den yuh spin round like a spinning top, an when yuh come down yuh touch de grung wid yuh han an shake yuh battam like a baby rattle. Poor Bra Cockroach nobody a pay mind to de sweet music im-a play, everybody a watch Rat dance.

Bra Rat skin im teet an laugh, im knoh seh im can dance better dan Cockroach can play de drum, soh im start put all kinda flourish in-a de dance; im twirl im foot when im-a jump, an im flick im finger dem when im-a spin round.
De people dem cheer an shout an clap fe Rat, soh Rat decide fe do a spectacular fe shame up Bra Cockroach.

Cockroach can play but
a-me a carry de swing mahn.
See how de crowd-a people
dem love me.

Rat jump up in-a de air soh high dat im kinda float like a fluffy cloud, im spin soh fast dat im tail mek a whistling sound an de gold ring pon im finger sparkle in-a de light like de stars in de sky.
When Rat come down im point im toe an decide fe do one last pretty flourish fa de show; Bra Rat decide seh im-a go touch de grung wid im wiska! Rat ben down low, low, low, fe touch de groung, but as Rat ben down there was one almighty sound; a sound dat mek Cockroach drum play sweeter, a sound dat put laughter in-a de mout of all de people in de dance, a sound dat put terror in de heart of Rat.

RRRIIIPPP!

Rat tight red trousers tear an expose im hairy BATI! Everybody laugh! An even de drum wah Cockroach a play laugh after Rat. Poor Rat im feel soh shame but im couldn't hide im bati anywhea; if im come over yasso people day a look, if im go over desso people day a look, noh where dey fe hide. Bra Rat shame, im shame, im shame, im shame soh till im start fe dig a hole, an im dig, an im dig, an im dig one hell of a hole an shub im bati in-a de hole till only im nose an im wiska a show.

An from dat day until dis noh more Boacy Rat but shy Rat who lives in a hole. Soh member wah me-a tell yuh, if yuh see Bra Rat noh laugh after im cause im noh like it, an im will go run go hide in-a hole.

Jackmandora me noh choose none.

Proverb:

Ratta seh if mahn chop after im,
dat no kill im, but if mahn seh,
'looko rat', dat wuss.

sista Dry Grass & *sista* Fire

Sista Fire an Sista Dry Grass used to be good fren, an when dem buck-up a road dem like fe stap an talk an romp by de road side. One day de two fren get into a argument an confusion.

Fire ask har fren Grass,
"A who yuh tink is de most useful to people, yuh or me?"

Dry Grass answer seh,
"It must be me, people need grass fe do all kine-a tings, from thatch de roof to feed dem cow, an some people even tek grass home to mek dem bed."

Fire laugh an seh,
"Dat a noh big ting, yuh is wutless next to me gal. People need fire fe do all kine-a important tings like cook food an mek light an..."

Chou!
me no wahn dat gal
Fire come spoil me
dress wid har
wild self.

But Dry Grass cut har fren off an seh,
"Huh! people tell me yuh temper too hot an yuh is a botheration, dem seh dem can't invite yuh to dem house cause yuh noh knoh how fe behave, an dem fraid yuh a go bun dem out cause yuh is a wild leggobeast gal. But yuh see me now, de people love me yuh see, me get invite a people house all de time."

Dis hurt an hurt Sista Fire's feelings bad, cause it was true dat noh one invite her to dem house yet. Soh Sista Fire leave Dry Grass with a bitter an vengeful feeling in her heart.

On de road home Fire meet her fren Bra Anancy, an Fire seh to Anancy,
"Yuh see dat gal Grass she-a get too fresh wid me yuh knoh, a gwine burn dat gal Grass yuh see, a gain bun har."

Now Anancy was fren wid both Fire an Dry Grass, an Anancy did not want Fire fe bun all de grass, soh Anancy seh to Sista Fire,
"When yuh a go bun grass blow de conch shell soh me can come an see."

Fire seh alright an go on har way.
Little after dat Anancy call im fren Water, an Anancy tell Water dat when she hear de conch shell blow she mus come down like rain; dis way Water could save Anancy fren Dry Grass.

Midday come, de sun get high an Sista Fire get hot. Fire blow de conch an holla,
"Ahwheehoooigh! Me-a come!"
An start blaze towards Dry Grass, but as she reach Dry Grass yard de sky darken an de rain start to fall. Sista Fire hafi cool har temper an stap, but before she tun back she ask Sista Water seh,
"A wah bring yuh over dis side a town Sista Water?"

Sista Water seh,
"My fren Anancy seh when I hear de conch shell blow I must come down like rain."

Fire feel worse dan before an she decide seh she a-go teach dat ginal Anancy a lesson. Next day Sista Fire wait fe Anancy by de crossroad.

Anancy reach de crossroads an seh howdy to Sista Fire.
Sista Fire seh to Anancy,
"How come me an yuh a good fren an yuh noh invite me to yuh house fe see yuh wife an pickney?"

Now in dem deh time people cook outside in de yard, dem noh bring fire in-a dem house.
Soh Anancy seh,
"Noh feel noh way Sista Fire, everyting over my side dull an me noh tink yuh would-a wahn come over, why yuh noh come see me tomorrow, me have supumn me wahn yuh bun fe me."

Sista fire seh,
"Alright, hang some cloths outside yuh house soh me knoh which house a fe yuh an a-we come."

Soh Anancy go home an tell im wife Croaky fe put some cloths out on de line cause im fren Fire a come visit.

Marning come an Croaky hang de cloths out on de washing line as har husband Anancy ask har fe do. Now Bra Tiger an im fambily did live cross

If yuh tink yuh bad come fool wid me.
Dat gal Grass tun red eye cause she see how me look nice twice.

de road from Anancy, an while Anancy an im fambily was poor Bra Tiger an im whole fambily was well off an live in a bigger house.
Soh when Tiger wife see de cloths pon Anancy washing line she bring har whole fambily out fe laugh pon de Anancy fambily tear-up cloths. Anancy wife Croaky get shame, an tek har fambily cloths off de washing line.
Chups!...Chou!
Meantime Tiger fambily hang all dem best cloths on de washing line fe show Croaky an Anancy how dem lib well.
Kyoo-ya-noh!
Fire call har good fren breeze, an work har self up into a raging inferno. Fire set out fe Anancy Yard. De first ting sista Fire see is de cloths pon Bra Tiger washing line, soh she head straight fe de clothes a tink seh dem belong to Anancy.

Hear Fire now,
"See dat ginal Anancy deh, a gain teach him a hot hot lesson, blow Breeze blow mek me reach deh quick."
Soh Breeze blow harder an mek Fire come wid raging speed. When Tiger hear de speed an see de

ball a fire a come a im yard im holla,
"Tun back gal me noh want yuh company, go back way yuh come from, cool yuh tempa, cool yuh tempa, me noh want yuh ya! Gu-way! Gu-way!"

But sister Fire only jump faster an was coming like a wild lioness. Soh Bra Tiger an im whole fambily have fe run out de house lef dem nice tings.
Fire bun down de door an go in-a Tiger house go feed har yeye, she put on Tiger wife cloths an dance an bangarang in-a de house till de whole house bun down to de grung, an when she finish party she skip an gu-way.

An from dat day fire always want to go to people house, an anytime she get loose inside yuh house she dance an party an bun down yuh house.
Soh when yuh see fire noh play wid har, an neva invite har into yuh house.

Jackmandora me noh choose none.

Proverb:
If yuh carry straw no fool wid fire.

Glossary

of Caribbean words used in this book

a-come	*is coming*
a-go	*is going*
ackee	*Delicious edible vegetable. However when picked too soon it is a poison, and when picked too late it is also a poison.*
an	*and*
an-a	*and is*
anyting	*anything*
anywhea	*any where*
a-we	*I will*
ball	*cry loudly*
Bammy	*Savoury thick pancake made from the cassava root. The cassava root contains 'prussic acid' and must be cooked before eating. To avoid torture by Spanish invaders Arawak Indians would commit suicide by biting into uncooked cassava.*
bangarang	*riotous noise and disturbance*
battam	*bottom*
bati	*backside*
ben	*bend*

Glossary

bex	*vex*
bickle	*victuals, cooked food, food*
boacy	*boastful, conceited, cocky, or confident.*
boogaboo	*annoying little thing, bogey, bugbear*
botheration	*a bother, troublesome*
bout	*about*
Bra	*similar to Mr., can also mean brother*
Breadfruit	*A large carbohydrate fruit which grows on tall trees, it originated from the South Pacific and was brought to the Caribbean by Captain Bligh (Mutiny on the Bounty).*
bredah	*brother*
bruk	*break*
buck-up	*meet up*
bun	*burn*
bwoy	*boy*
cah	*care*
cane piece	*small sugar cane field*
carry de swing	*lead the party, set the mood*
cause-a	*because of*
cause	*because*
chou	*expression of annoyance*

Glossary

christianable	*meek, humble*
chups	*The sound made when sucking air in through the teeth – known as kissing or sucking your teeth. An expression of annoyance.*
darg	*dog*
dat	*that*
de	*the*
dem	*them*
dem deh time	*in those days, back then*
den	*then*
desso	*over there*
dey	*there*
dhay	*they*
dis	*this*
dis-ya	*this here*
duppy	*ghost*
dutchy pot	*heavy iron pot used for cooking*
fa	*for*
facety	*impudent, pertinent, rude*
fambily	*family*
fe	*for, to*
fe-im	*for him*
fe keep myself up	*maintain a good appearance*

Glossary

feed har yeye	*Fire was hungry to know what people had in their houses, so when Fire got into Tiger's house she fed her curiosity greedily*
figet	*forget*
flashy-flashy	*flamboyant*
fool-fool	*stupid, foolish*
fraid	*afraid*
freeness	*free, or easy to attain*
fren	*friend*
fresh	*Disrespectful, insolent (also raw unseasoned meat, something distasteful, a certain smell).*
gal	*girl, woman, female*
gentlemahn	*gentleman*
gi	*give*
ginal	*crafty and deceitful*
goh	*go*
grung	*ground*
gu-way	*go away*
gwine	*going (to)*
hafi	*have to*
han	*hand*
har	*her*
hot	*as in hot water*
hot	*hurt, as in the heat of pain*

Glossary

Hmmm-hummm!	*Emphasising previous statement, suggest trouble or something ominous.*
hol	*hold*
If yuh tink yuh bad	*If you are feeling brave or strong trouble me and I'll cut you down to size.*
im	*him*
im-a	*he is*
imself	*himself*
in-a	*into, in the*
it a-go	*it is going to*
Jackmandora me noh choose none	*This story is not aimed at anyone in particular, if it is like someone you know that's pure coincidence. Jackmandora (the keeper of heaven's gate) be witness that the story teller does not take sides with the wrong doings of the characters, and is only telling the story.*
Jus	*just*
katch	*To wedge open, to place or position an object or person.*

Glossary

kine-a	*kinds of*
knoh	*know*
Kyoo-ya-noh!	*look at that ridiculous spectacle*
lack	*lock, locked*
lawd	*lord*
leggobeast	*Wild untameable beast, unruly, untrustworthy, or dangerous person.*
lick	*hit*
lidung	*lie down*
like-a	*like a*
mahn	*man*
mawga	*thin and bony, impoverished*
marning	*morning*
me-a	*I am*
mek	*make*
Missa	*Mr.*
Missus	*Mrs*
mout	*mouth*
mumma	*mother*
murda	*murder*
musse	*must have*
nar	*not*
neva	*never*
nobady	*nobody*
noh	*no*

Glossary

noh feel noh way	*please do not be hurt or offended*
nutun	*nothing*
nuh	*Similar to please but also questioning why a request is been ignored. "Will you help me... why do you not help?"*
nyam	*eat greedily*
odder	*other*
off-a	*off of*
out-a	*out of*
pickney	*children*
please do	*a double emphasis of please*
pon	*on, upon*
pop style pon me	*show off at my expense*
pous	*post*
pous office	*post office*
Pousmahn	*postman*
puppa	*father*
puss	*cat*
puss foot	*creep like a cat*
ragga	*rough, rough up*
ratta	*rat*
red eye	*to look covetously or be envious*
rice an peas	*rice boiled with kidney beans or pigeon-peas*

Glossary

sah	*Mr. or Sir*
sarff	*soft*
seh	*say*
sen	*send*
sidung	*sit down*
sista	*sister*
skin im teet	*laugh broadly showing your teeth*
shub	*shove*
soh	*so*
soursap	*Fruit of the tree 'Anona Muricata' used to make drinks, ice cream and fruit custard.*
spar	*good friend*
sport	*relax, recreation*
stap	*stop*
star apple	*Fruit of the tree 'Chrysophyllum cainito'. When cut in half the shape of a ten pointed star can be seen.*
supumn	*something*
tear-up	*ragged, worn out, torn*
teef	*thief*
teet	*teeth*
tek	*take*
tempa	*temper*
tenk	*thank*

Glossary

ting	*thing*
tink	*think*
tun	*turn*
unda	*under*
wha	*what*
wahn	*want*
wid	*with*
watchmahn	*watchman*
wedah	*weather*
whea	*where*
whole heap-a	*a lot of*
whole-a	*all of*
Why! Why! Why!	*mimicking the squeal of a rat*
wid	*with*
wiska	*whisker*
wud	*word*
wutless	*worthless*
yaar	*definitely – adds emphasis to a statement. e.g. "Me nar do dat yaar." meaning: I am definitely not doing that.*
yaga-yaga	*old and tattered, raged, rubbish*

Glossary

Yam	*Edible starchy vegetable root which forms a staple food in the Caribbean. There are many varieties of yam, some of which are said to have aphrodisiac properties for women (inverse for men because of the female hormones that some yams contain). And one particular variety known as 'drug yam' contains the drug 'diosgenin' which is used to produce contraceptive pills.*
yasso	*over here*
yeye	*eye*
yuh	*you*
yuh-a	*you are*

Proverbs courtesy of:
Jamaica Proverbs and Culture Explained
ISBN 1899341099